Vente du Lundi 5 Décembre 1892

A DEUX HEURES

HOTEL DROUOT, SALLE N° 10

COLLECTION

DE

DESSINS ANCIENS

ET MODERNES

PRINCIPALEMENT

DE L'ÉCOLE FRANÇAISE

Pastels — Gouaches

CADRES ANCIENS

GRAVURES, TABLEAUX

EXPOSITION PUBLIQUE

Le Dimanche 4 Décembre 1892, de 1 heure 1/2 à 5 heures 1/2

Commissaire-Priseur	*Expert*
Mᵉ Maurice DELESTRE	**M. B. LASQUIN**
Rue Drouot, 27	Rue Laffitte, 12

PARIS — 1892

IMPRIMERIE MAULDE et RENOU

———

A. MAULDE & Cie

IMPRIMEURS DE LA COMPAGNIE DES COMMISSAIRES-PRISEURS

Rue de Rivoli, 144. — Paris

CATALOGUE

D'UNE

COLLECTION

DE

DESSINS ANCIENS

ET MODERNES

PRINCIPALEMENT

DE L'ÉCOLE FRANÇAISE

Pastels — Gouaches

CADRES ANCIENS

GRAVURES, TABLEAUX

DONT LA VENTE AURA LIEU

HOTEL DROUOT — SALLE N° 10

Le Lundi 5 Décembre 1892

A DEUX HEURES

Mᵉ Maurice **DELESTRE**	**M. B. LASQUIN**
COMMISSAIRE-PRISEUR	EXPERT
Rue Drouot, n° 27	Rue Laffitte, n° 12

EXPOSITION PUBLIQUE

Le Dimanche 4 Décembre 1892, de 1 heure 1/2 à 5 heures 1/2

PARIS — 1892

CONDITIONS DE LA VENTE

Elle se fera au comptant.

Les Acquéreurs paieront CINQ POUR CENT en sus des enchères.

A. MAULDE et Cie, imprimeurs de la Compagnie des Commissaires-Priseurs
rue de Rivoli, 144.   400—28731

DÉSIGNATION

—

DESSINS, PASTELS, GOUACHES

1 — **Allou**. Portrait du maréchal Fabert, en buste revêtu de la cuirasse. (Beau pastel. Signé.)

2 — **Augustin**. Portrait de Femme. (Dessin au crayon.)

3 — **Bachelier**. Sanglier appendu à un arbre près d'une fontaine. (Aquarelle.)

4 — **Baudouin**. Dans un intérieur rustique une jeune mère de famille fait manger la bouillie à son plus jeune enfant. (Plume rehaussée de sépia.)

5 — **Baudouin**. Une jeune mère fait la toilette d'un bébé devant l'âtre d'une cheminée. (Dessin à la plume lavé de sépia et rehaussé de blanc.)

6 — **Bertin**. Intérieur de parc. (Encre de Chine.)

7 — **Boilly**. Portrait de Mlle Colin du théâtre de Metz. 1793. (Encre de Chine.)

8 — **Boilly.** Portrait de jeune Femme en buste. (Dessin.)

9 — **Boucher**. Cour de ferme. (Dessin au crayon.)

10 — **Boucher.** Tête d'Ange. (Dessin au crayon.)

11 — **Boucher.** Statuette d'Amour sur un piédestal.
(Dessin au crayon.)

12 — **Boucher.** Vénus et l'Amour. (Dessin au crayon
noir rehaussé de blanc.)

13 — **Boucher** (?). Enfant agenouillé et étude de Chat.
(Crayon noir.)

14 — **Bouton.** Intérieur de couvent en ruines. (Sépia.)

15 — **Callet.** Projet de plafond, figures allégoriques sur
des nuages. (Plume et aquarelle.)

16 — **Canaletto.** Paysage avec pont de pierre sur un
cours d'eau. (Dessin à la plume.)

17 — **Caresme** (Pʜ.). Scène de cabaret. (Jolie aquarelle.
Signée.)

18 — **Cassas.** Vue de la Villa Belvedère à Frascati.
(Sépia.)

19 — **Cauvet.** Frise de Rinceaux. (Dessin à la plume
provenant de la Collection Lefèvre.)

20-21 — **Chancourtois.** Les Épaves. — Entrée de Port.
(Deux gouaches. Signées.)

22 — **Chardin** (?). Tête de Nègre, caricature. (Sanguine.
Cadre en bois sculpté.)

23 — **Clodion.** Atlantes et Cariatides. (Plume et lavis.)

24 — **Coiny.** (Napoli, 1824). Italiennes priant devant la
Madone. (Aquarelle.)

25 — **Corrège.** Tête de Femme. (Étude d'un beau
caractère. Cadre Louis XIII, finement sculpté et doré.)

26 — **Danloux.** Jeune Femme assise tenant un livre.
(Crayon noir rehaussé de blanc.)

27 — **Danloux.** Le Billet doux. (Crayon et sanguine.)

28 — **De Grave**. Trois Paysages de Hollande. (Aquarelles.)

29 — **Delafosse, Pierre**, etc. (Quatre Dessins : Modèle de Cafetière, Vase, Motifs rocaille.)

30 — **De Marne**. Marche d'un convoi. (Sépia.)

31 — **De Marne**. Entrée d'un château en ruines. (Aquarelle.)

32 — **Desrais**. Caricature sur les modes. (Dessin à la plume.)

33 — **Desrais**. *Le Coëffeur* à la mode. (Dessin à la plume, a été gravé.)

34 — **Ducreux**. Sujet galant et fleurs. (Deux gouaches.)

35 — **Dumarescq** (A.). Cavalier sur un cheval blanc. (Dessin aux trois crayons.)

36 — **Échart**. Paysages avec figures. (Plume et sépia.)

37 — **Eisen**. Amours guerriers. (Joli dessin à la plume rehaussé de sépia. Cadre ancien.)

38 — **Eisen**. Dessin pour la décoration d'une Bonbonnière ovale : Jeux d'amours dans des guirlandes, allégories des Arts.

39 — **École française**. Gouache dans le goût de LAVREINCE : Scène d'intérieur.

40 — **École française**. Tête de Femme avec fanchon. (Sanguine.)

41 — **École française** xviiie siècle. Jeune Femme artiste devant son chevalet. (Plume et sépia.)

42 — **École française** xiiie siècle. Deux Études de Cartels à feuillages et guirlandes pour marteaux de portes. (Sépia rehaussée de blanc.)

43 — **École française**. Cathédrale sous l'invocation de la Vierge et de Jésus. (Dessin pour frontispice. Plume et sépia.)

44 — **École italienne** (xvɪᵉ siècle). Projet d'une Fontaine. (Dessin à la plume et à la sépia.)

45 — **École italienne**. (Cinq Dessins des xvɪᵉ et xvɪɪᵉ siècles.)

46 — **École italienne**. Le Christ soutenu par des Anges. (Plume et sépia, forme ronde.)

47 — **École italienne**. La Nativité. — Femme portant une corbeille. (Deux dessins dans le même cadre.)

48 — **Favre** (J.-L.). Les Baigneuses. (Gouache. Signée et datée 1772.)

49 — **Géricault**. Cavaliers. (Croquis au crayon provenant de la Collection du baron Schwitter.)

50 — **Goyen** (Jan van). La Charrette. (Dessin.)

51 — **Goyen** (Jan van). Paysage. (Dessin.)

52 — **Goyen** (Jan van). Paysage. (Dessin.)

53 — **Greuze**. Étude femme assise. (Sanguine.)

54 — **Greuze**. La jeune Villageoise. (Sanguine.)

55 — **Greuze**. Enfant couché sur un chien. (Encre de Chine.)

56 — **Greuze**. Portrait en buste du Duclos. (Sanguine.)

57 — **Hoin**. Vestale. (Pastel.)

58 — **Horemans**. Intérieur de Cabaret. (Dessin rehaussé.)

59 — **Huet** (J.-B.). Étude de têtes de jeunes Filles et d'Enfants. (Dessin à la plume.)

60 — **Huet** (J.-B.). Le vieux Saule. (Plume et sépia.)

61 — **Janssens** (Charles, 1780). Vue intérieure de l'Église de Sainte-Walbruge. (Grand lavis rehaussé de blanc.)

62 — **Jeaurat**. La Marchande de Pommes. (Plume et bistre.)

63 — **Jeaurat**. *L'Escholier*. (Crayon noir et blanc.)

64 — **Joyant** (D'après GUARDI), (Aquarelle.)

65 — **Joyant**. Marine. (Aquarelle.)

66 — **Kauffmann** (Angelica). Jeune Flle en buste. (Dessin au crayon.)

67 — **Kauffmann** (Angelica). Portrait de Mme Charles, artiste de l'Odéon, 1799. (Dessin.)

68 — **Lajoue**. Motif d'ornement rocaille. (Plume et lavis.)

69 — **Lallemant**. La Promenade au bord de l'eau. (Aquarelle.)

70 — **Lallemant**. Charlatan dans une foire de village. (Dessin au crayon.)

71 — **Lancret**. Jeune Femme assise. (Joli dessin à la sanguine.)

72 — **Largillière**. Trois Portaits de Femmes. (Crayon noir rehaussé de blanc.)

73 — **La Rosalba**. Tête de Femme. (Pastel.)

74 — **Larue**. Quatre Dessins à la sépia.

75 — **Latour**. Portrait de M. de Saint-Florentin. (Pastel.)

76 — **Leclerc** (Sébastien). Le Jugement de Salomon. (Dessin très fin signé.)

77 — **Leclerc** (S.). Prélats en visite. (Sépia.)

78 — **Lepicié**. La Marchande de Pommes. (Dessin. Signé.)

79 — **Leprince** (J.-B.). Jeune Femme écrivant. (Sanguine.)

80 — **Leprince** (A.-X., 1822). Acteur dans un rôle de tragédie, costumé à l'antique. (Sépia.)

81 — **Liotard**. Portrait de Mlle Bertin. (Dessin au crayon.)

82 — **Loo** (C. Van). Deux têtes d'Étude. (Sanguine.)

83 — **Meissonier**. Buveurs. (Dessin à la plume.)

84 — **Moreau** (Louis). Intérieur de Parc. (Sanguine.)

85 — **Monnier** (H.). Déjeuner de Garçons. (Plume et Aquarelle.)

86 — **Nattier**. Portrait de Femme tenant un livre. (Crayons noir et blanc.)

87 — **Neer** (Van der). Paysage d'hiver animé de figures. (Plume et encre de Chine.)

88 — **Nicolet** (1768). Portrait de Femme de profil à droite. (Crayon).

89-90 — **Noël**. La Tempête. — Entrée de Port. (Deux belles et importantes gouaches.)

91 — **Norblin de la Gourdaine**. Paysage, site agreste avec figures au premier plan. (Grande Aquarelle.)

92 — **Norblin de la Gourdaine**. Villa dans un parc. (Grand dessin à la sépia. Cadre Louis XVI.)

93 — **Omeganck**. Vaches au pâturage. (Encre de Chine.)

94 — **Ozanne**. Vue du port de Brest. (Joli dessin animé de nombreuses figures.)

95 — **Ozanne**. Port de Mer. (Dessin.)

96 — **Patel**. Port de Mer animé de figures. (Gouache sur vélin.)

97 — **Perelle**. Ruines antiques. (Plume et aquarelle forme ronde).

98 — **Philippoteaux** (P.). Prise d'Ypres, 17 juillet 1794. (Dessin pour illustration. Mine de plomb).

99 — **Pierre**. Baigneuse. (Dessin à l'encre de Chine.)

100 — **Pillement** (L'an 1801). Le Passage du gué. (Dessin rehaussé d'aquarelle.)

101 — **Pujos**. Jeune Garçon en buste. (Dessin au crayon rehaussé de sanguine.)

102 — **Prévost** (J.-B.). Portrait d'Homme en buste, de profil à droite. (Encre de Chine.)

103 — **Pujos**. Portrait de Mme Roland jeune. (Crayon.)

104 — **Ranson**. Trophées d'attributs de la Guerre et de l'Amour. (Plume et aquarelle.)

105 — **Raoux**. Pomone présidant aux vendanges. (Encre de Chine.)

106 — **Renoux**. Combat de la Croix-des-Bouquets, 25 juin 1794. (Dessin pour illustration. Mine de plomb.)

107 — **Robert** (HUBERT). Colonade avec obélisque et figures. (Sanguine.)

108 — **Robert** (HUBERT). Le Pont de pierre. (Belle aquarelle.)

109 — **Robert** (HUBERT). Puits dans des ruines. (Beau dessin à la sanguine.)

110 — **Robert** (HUBERT). La Visite aux ruines. (Aquarelle.)

111 — **Robert** (HUBERT). Monastère d'Italie. (Sanguine.)

112 — **Robert** (HUBERT). La Grotte du Pausilipe à Naples. (Belle sanguine.)

113 — **Saint-Aubin**. Le Violoniste. — Le Buveur. (Deux pièces). — Le Bailleur. (Sanguine.)

114 — **Saint-Aubin** (G.). Le Départ de Louis XVI pour la prison du Temple. (Plume et lavis.)

115 — **Saint-Aubin** (G.). La Promenade à la fête champêtre. (Croquis au crayon.)

116 — **Taraval.** Étude de Femme nue tenant une guirlande. (Dessin.)

117 — **Tesson.** Femmes de Pêcheurs. (Aquarelle.)

118 — **Trinquesse.** Le Remouleur. (Sanguine.)

119 — **Trinquesse.** Jeune Femme debout. (Sanguine.)

120 — **Trinquesse.** Tête d'Homme coiffé d'un chapeau. (Sanguine.)

121 — **Vernet** (Joseph). Le Pont, campagne romaine. (Dessin à la sépia.)

122 — **Verschuring.** Halte de Cavaliers. (Dessin à l'encre de Chine.)

123 — **Vincent.** Jeune Femme assise. (Crayon.)

124 — **Watteau.** Femme debout. (Dessin.)

125 — **Wille.** Le Retour du Soldat : Scène familiale de huit figure. (Important dessin à l'encre de Chine).

126 — **Wille.** Portrait de Mlle Béti.

127 — **Wille.** La Charrette des Condamnés.

128 — **Wille.** La Consultation. (Dessin.)

129 — **X...** Intéressante suite de quatorze gouaches du xvie siècle sur vélin : Figures personnifiant différents pays par les costumes, tels que Alexandrie, Allemande, Chypre, Candie, Pise, Napolitaine, Ferrare, Constantinople, l'île de Sardaigne, la Hongrie, etc.

130 — **X...** Gouache du temps de Louis XIV : Vue du Parc de Fontainebleau.

131 — **X...** Allégories sur les Aérostats, Danse des Morts dans un paysage. (Dessin au crayon noir.)

132 — **Zaïs.** Paysage avec rivière et palais, figures au premier plan. (Plume et aquarelle.)

CADRES ANCIENS

133 — Cadre Louis XVI, en bois doré, avec gravure, d'après MIGNARD.

134 — Deux petits Cadres Louis XIV, finement sculptés, avec gouaches paysages.

135 — Deux Cadres Louis XIV, en bois sculpté et doré.

136-159 — Vingt-trois Cadres anciens en bois sculpté, de différents styles.

160 — Gravures.

161 — Cinq pièces encadrées, gravures, par H. ROBERT, BOUCHER, etc.

162 — Vingt-quatre Tableaux, Aquarelles ou Dessins.

163 — Objets non catalogués.

RED. :

19

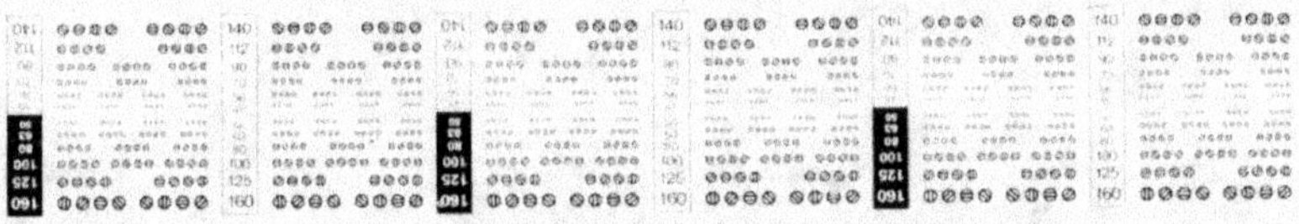

BIBLIOTHEQUE NATIONALE DE FRANCE

****

CHATEAU DE SABLE

1996